POUR

L'ABOLITION DES GUERRES

PAR

H. LEPERT

AUX PACIFISTES.
UNE PROPOSITION.
SUR QUELQUES AUTRES PROPOSITIONS.
LES ATTAQUES CONTRE LE PACIFISME.
LES ARGUMENTS DES BELLURISTES.
CONCLUSION.

Prix : 0,50

LIMOGES

"Imprimerie Nouvelle"  9, PLACE FONTAINE - DES - BARRES, 9

1916

POUR

L'ABOLITION DES GUERRES

PAR

H. LEPERT

AUX PACIFISTES.
UNE PROPOSITION.
SUR QUELQUES AUTRES PROPOSITIONS.
LES ATTAQUES CONTRE LE PACIFISME.
LES ARGUMENTS DES BELLURISTES.
CONCLUSION.

Prix : 0,50

LIMOGES

"Imprimerie Nouvelle"  9, PLACE FONTAINE - DES - BARRES, 9

1916

POUR L'ABOLITION DES GUERRES

AUX PACIFISTES

Dans le manifeste qu'il a publié à la fin du dernier mois de décembre, le Parti socialiste français a déclaré : « *qu'il demeurera dans la guerre, tant que n'auront pas été assurées les conditions d'une paix durable* ».

Et, à la suite de cette déclaration, il a préconisé pour assurer le maintien de la paix : « *l'établissement de la justice entre les peuples, l'organisation d'un droit international, la pratique de l'arbitrage* », et diverses mesures, dont il me paraît inutile de faire état en cette étude.

Par les propositions que je viens de rappeler, le Parti socialiste a montré qu'il considère « l'établissement de la justice entre les peuples », comme une des conditions de la paix durable.

Cette condition me paraît absolument essentielle.

La paix sans la justice, la paix à tout prix, au prix de la dignité, de l'honneur, de l'indépendance, ne serait pas un bien, car elle laisserait le champ libre aux pires entreprises du crime et du brigandage.

Mais cette proposition d'assurer le règne de la paix par la justice, par le droit international, par l'arbitrage, ne constitue pas la solution de toutes les questions que comporte le problème.

D'autres questions restent posées, qui ne sont ni les moins importantes, ni les moins difficiles à résoudre.

Ce sont celles qui exigent que les partisans d'un système de justice pour les peuples, indiquent de quels organes sera composé ce système, comment seront constitués ces organes, et de quelle manière ils exerceront leurs fonctions ; c'est-à-dire, par quels pouvoirs sera formulé le droit international, par quels tribunaux seront tranchés les conflits, par quelles forces seront protégés les droits de chaque peuple, et sur-

tout, quelles formes devront revêtir ces diverses institutions, pour constituer des garanties de justice, et
ne pas être au contraire des dangers d'arbitraire et
d'iniquité.

Et comme avant d'entreprendre la réalisation d'une
œuvre, il peut être souvent utile de bien mesurer l'étendue des efforts qu'elle exige, j'ajoute, que quand
ils auront trouvé une solution acceptable pour toutes
ces dernières questions, ils n'auront encore accompli
que la moitié de leur tâche.

Il leur restera à vaincre l'hostilité des esprits routiniers et rétrogrades, qui de tous temps se sont dressés contre tous les progrès, et principalement contre
les progrès qui tentent de s'accomplir dans les voies
du bien, ainsi qu'à faire accepter leurs projets par la
masse des indifférents, et surtout par les pouvoirs qui
ont qualité pour transformer ces projets en vivantes
réalités.

Ils sont donc toujours très loin du but qu'ils poursuivent, et risquent de « *demeurer encore bien longtemps dans la guerre* », s'ils ne reprennent immédiatement leur tâche, pour en poursuivre l'accomplissement avec vigueur et persévérance, jusqu'à complet
achèvement de l'œuvre, qu'ils proposent comme but
de la guerre en cours.

Déjà des appels en faveur de cette œuvre ont été
adressés, et des concours ont été apportés, sous la
forme de discours et d'écrits de toutes sortes ; mais
il me semble que ces concours ne sont pas aussi nombreux que permettait de l'espérer, l'important mouvement qui s'était manifesté en faveur de la paix, pendant les dernières années qui ont précédé la guerre.

C'est pourquoi avant d'apporter à la même œuvre
ma modeste participation, je voudrais dire aux hésitants, à quel point et pour quelles raisons, leur abstention me paraît regrettable.

Avant la guerre qui ravage en ce moment la presque
totalité de l'Europe, un grand nombre d'hommes de
toutes nuances politiques recherchaient déjà la solution du problème de la suppression des guerres.

Ces hommes, auxquels on avait donné le nom de
« pacifistes », tenaient même une large place dans le
champ de bataille des idées, où ils luttaient pour obtenir des peuples qu'ils bannissent de leurs cœurs leurs

abominables haines de race, qu'ils abandonnent leurs habitudes de violence, et qu'ils se décident enfin à soumettre leurs rapports à un régime basé sur le bienfaisant principe de la fraternité.

Depuis le début des hostilités, la plupart de ces hommes ont abandonné le camp qu'ils occupaient dans ce champ de bataille ; les uns pour prendre les armes, d'autres, pour se renfermer dans leur tour d'ivoire, et d'autres enfin, pour passer dans le camp de leurs adversaires de la veille.

Sans doute, le devoir patriotique commandait à ceux qui peuvent participer aux combats, d'échanger leur plume contre l'épée ; car il est un mal pire que la guerre, c'est l'injustice ; mais il n'imposait pas aux autres l'obligation de déserter ou de trahir la cause du pacifisme.

Il les obligeait, au contraire, à s'y dévouer avec plus d'ardeur, car si c'est servir son pays que de sacrifier sa vie pour le défendre ; c'est aussi lui rendre service que de lui donner des moyens de se défendre, qui ne l'exposent pas aux sacrifices et aux malheurs qu'entraîne la guerre.

Quand un pays est ravagé par une grave épidémie, les médecins s'empressent de combattre le mal avec les moyens dont ils disposent, quelque douloureux et même dangereux que soient ces moyens, mais pendant qu'ils appliquent leurs méthodes, les hommes d'étude se font un devoir, si ces méthodes leur paraissent défectueuses, de redoubler d'efforts pour en rechercher de nouvelles, qui soient moins cruelles ou moins dangereuses, et surtout pour rechercher des moyens de prévenir le retour du mal.

Quand un peuple se trouve menacé d'un danger, qu'il ne peut écarter que par la guerre, faute d'avoir d'autres moyens à sa disposition, le même devoir s'impose aux sociologues, dont les énergies ne sont pas entièrement absorbées par l'œuvre de la défense nationale.

J'ose dire même qu'en ce moment, aucun devoir ne s'impose à eux d'une manière plus impérieuse. De tous les problèmes qui peuvent solliciter leur attention, il n'en est pas un seul, dont l'importance soit plus considérable, l'opportunité plus certaine, et la solution plus urgente.

Aucun n'est plus important, parce qu'aucun ne s'applique à un objet, dont la réalisation puisse donner des résultats comparables aux avantages que les peuples retireraient, de l'organisation d'un régime international, qui empêcherait les conflits entre peuples de dégénérer en dévastations et en tueries, semblables à celles que déplorent en ce moment tous les hommes de cœur et de saine raison.

Aucun n'est plus opportun, parce qu'à aucun moment, non plus qu'à la faveur d'aucune circonstance, il ne sera plus facile de montrer l'étendue du mal que représente la guerre, et que jamais l'âme humaine ne sera mieux disposée à comprendre, voire même à sentir les leçons qui se dégagent des douloureux événements qui depuis de nombreux mois la tourmentent et la meurtrissent.

C'est quand il souffre, que l'homme apprécie le mieux le prix de la santé, et qu'il est le mieux disposé à accepter les régimes, qui doivent le préserver contre le retour du mal dont il se plaint.

C'est pendant la guerre que les peuples apprécieront le mieux le prix de la paix.

Enfin, aucun n'est plus urgent, parce que si la guerre se termine sans qu'il ait été pris des mesures pour assurer une paix durable, l'homme ne tardera pas à reporter son attention sur d'autres questions d'intérêt plus immédiat, et à perdre la notion, voire même le sentiment, de l'importance du problème. Il s'ensuivra que la paix qui aura été conclue ne sera, comme les précédentes, qu'une trêve pendant laquelle on préparera de nouvelles guerres, plus désastreuses et plus meurtrières.

Et, comme les questions à résoudre sont nombreuses, complexes et délicates, on peut tenir pour certain que ces mesures ne seront pas prises, et que les partisans d'une paix durable seront obligés, quoi qu'ils en disent, de se retirer de la lutte sans avoir réalisé leur idéal, si les délégués au Congrès qui sera chargé d'établir les clauses du futur traité de paix, s'y présentent sans être porteurs de propositions bien étudiées, précises, pratiques et surtout immédiatement réalisables.

UNE PROPOSITION

Au commencement de cette étude, j'ai émis l'avis que les questions qui restent à résoudre, consistent à rechercher par quelles institutions, on pourrait arriver à réaliser « *la justice entre les peuples* », sans avoir recours à la guerre.

L'observation de la vie internationale nous apprend, que les nations se trouvent dans une situation absolument identique, à celle où se sont trouvés les individus, avant la constitution du système de justice qui les régit actuellement.

Comme les individus de la période anarchique, les Nations n'ont aucun souci des besoins, des intérêts et des droits les unes des autres, et croient avoir le droit de faire et de prendre, tout ce qu'elles pensent avoir la force de faire ou de prendre.

La force, sous ce régime, ne prime pas seulement le droit, comme on l'a dit, elle en est la seule règle et la seule mesure.

Les conflits qui s'élèvent entre les nations sont quelquefois réglés par des conventions et des traités, mais ces conventions et traités ne sont souvent qu'une œuvre de la force, puisque la nation la plus forte est maîtresse d'en dicter les conditions.

Ces règlements ne sont d'ailleurs respectés par la nation la plus forte, qu'autant qu'elle les trouve encore favorables à ses intérêts, et par la nation la plus faible, qu'autant qu'elle ne se sent pas la force, soit seule, soit avec le concours d'autres nations, de les fouler aux pieds, ou d'en poursuivre l'abolition par la violence.

De cette similitude entre l'état présent des nations et l'état passé des individus, on doit, il me semble, conclure, que pour réaliser la justice entre les peuples, il sera nécessaire de fonder des institutions exactement semblables, à celles qui ont été organisées pour assurer la justice entre les individus.

Le système à créer devra donc comprendre :

1° Un pouvoir législatif, chargé de dire ce qui doit être permis ou interdit dans les rapports respectifs des nations, c'est-à-dire de formuler le droit international, de l'ériger en règles de conduite, de détermi-

ner les réparations à accorder en cas de dommages,
et enfin de fixer les mesures à prendre pour protéger
le droit, ainsi que les procédures à suivre pour atteindre
ces différents résultats ;

2° Un pouvoir judiciaire indépendant du précédent,
qui aura la mission de trancher les conflits, de statuer
sur les abus et les attentats, en s'inspirant exclusivement
des lois édictées par le pouvoir législatif ;

3° Un pouvoir exécutif, qui aura la charge de veiller
à l'observation des lois, et aussi d'assurer l'exécution
des décisions judiciaires.

Un pouvoir législatif est nécessaire, et ce pouvoir
devra être composé de délégués de toutes les nations
qui ont atteint un certain degré de civilisation, parce
que la plupart des biens qui peuvent donner naissance
à des conflits, comme les terres libres, les mers, les
détroits, et bientôt peut-être les airs, sont des biens
sur lesquels toutes les nations ont des droits, que pour
assurer à chacun le respect de ses droits de toute nature,
on peut avoir besoin du concours de toutes, et
qu'une nation qui n'aurait pas participé à l'établissement
de la loi commune, serait fondée à refuser ce
concours.

Un pouvoir judiciaire, indépendant du précédent,
est indispensable, parce qu'un pouvoir, qui réunirait
les fonctions de législation et de juridiction, ne serait
qu'un instrument d'arbitraire, dont les membres pourraient,
dans chaque circonstance, ne s'inspirer que
de leurs préférences ou sympathies personnelles, puisqu'ils
ne seraient guidés par aucune loi antérieure au
litige, et dont les décisions risqueraient par conséquent
de varier, suivant le degré de puissance ou
d'influence des nations en conflit.

C'est parce qu'elle était viciée par ce grave défaut,
que la conférence de La Haye ne méritait aucune confiance ;
et il est tout à fait surprenant que, quelques
siècles après que la séparation des pouvoirs législatif
et judiciaire a été proclamée et reconnue comme un
principe fondamental du droit pour nos institutions
nationales, certains hommes osent encore proposer de
confier le règlement des conflits internationaux à un
tribunal d'arbitrage unique.

Enfin, un pouvoir exécutif de coercition n'est pas
moins indispensable, parce que pour les nations

comme pour les individus, le droit formulé dans des conventions, des traités ou des lois, ne serait qu'un vain mot et même qu'une duperie, ainsi que l'a surabondamment démontré l'expérience, s'il n'était protégé par une force capable d'en imposer l'observation, qu'en conséquence la force se trouve être une condition essentielle du droit, et que le problème ne consiste pas et ne peut pas consister, comme certains le pensent, à-rechercher des moyens de supprimer la force, mais seulement des moyens d'arriver à enlever à la force la fonction de déterminer le droit, à remettre cette fonction à la raison, à n'avoir besoin de la force que pour la protection du droit, et à donner aux nations une organisation qui rende impossible, ou tout au moins très difficile, la résistance aux lois et aux décisions judiciaires, et permette de réduire le rôle et l'importance des armées, au rôle et à l'importance d'une force de simple police internationale.

L'organisation des pouvoirs législatif et judiciaire me paraît ne présenter aucune grande difficulté.

Ils peuvent être composés l'un et l'autre de quelques délégués par nation, à choisir parmi les hommes possédant des connaissances en rapport avec les objets de ces institutions.

Il ne me paraît même pas nécessaire que le pouvoir législatif soit obligé de siéger en permanence.

L'organisation du pouvoir exécutif soulève quelques questions qui sont plus difficiles à résoudre, mais qui cependant ne me semblent pas insolubles. Ce sont celles qui sont relatives aux dispositions à prendre pour maintenir une parfaite compatibilité entre l'indépendance à laquelle ont droit les nations, pour leur politique intérieure, et la subordination à laquelle elles doivent être soumises, pour leur politique extérieure.

Le pouvoir exécutif pourrait être composé :

1° D'un ministère international formé de quelques Ministres, qui seraient chargés de prendre les initiatives exécutoires ;

2° Du corps diplomatique accrédité dans chaque nation confédérée, auquel on pourrait confier le soin de veiller à l'observation des lois et décisions internationales par la nation où il aurait son siège, d'en

signaler les violations, et de faire les enquêtes pres-
crites par le pouvoir judiciaire ;

3° D'une police internationale, composée de forces
armées obligatoires, entretenues par chaque nation
confédérée, dont l'importance devrait être, pour chacune d'elles, proportionnelle au nombre de ses membres, et établie sur des bases de proportionnalité fixées
par le pouvoir législatif.

Pour assurer aux nations une complète autonomie
pour leur politique intérieure, il serait suffisant de
permettre à chacune d'entretenir telles forces qu'elle
croirait nécessaires à son service de police particulier.
Je ne vois d'ailleurs aucun moyen d'empêcher une
nation quelconque d'user de cette faculté.

Et pour empêcher que les forces facultatives d'une
nation ne deviennent un danger pour la sécurité d'une
nation voisine et obtenir, par voie de conséquence fa-
tale, leur réduction à l'importance de forces de simple
police intérieure, il suffirait de les rendre inutilisables
pour une action extérieure ; et il me semble que les
nations pourraient atteindre ce résultat en adoptant
l'ensemble des mesures suivantes :

1° En s'obligeant à mettre leurs forces obligatoires
au service du ministère international, pour toute opération de police à engager contre une nation fautive ;

2° En acceptant qu'une action de ce genre ne puisse
être entreprise que sur un ordre de ce ministère ;

3° En dégageant les chefs de leurs armées de l'obligation d'obéir, pour toute opération de police extérieure, à un ordre qui n'émanerait pas de l'autorité
internationale ;

4° Et en acceptant que ces chefs de leurs armées,
avant d'entrer en fonctions, prêtent serment devant le
bureau du corps diplomatique de leur pays, de res-
pecter la constitution internationale.

Une proposition de cette nature ne mérite d'être
prise en considération, que si le projet qu'elle préco-
nise, est dès maintenant réalisable, et peut avoir pour
résultat de substituer la souveraineté de la raison à
la souveraineté de la force, de réaliser la suppression
des guerres ainsi que la réduction des armements, de
protéger les nations contre le principal danger d'injustice : l'arbitraire, et de leur assurer la libre jouissance de leurs droits.

Le système présenté par le projet qui précède me paraît réunir toutes ces conditions.

Il est dès maintenant réalisable, puisque les organes dont il serait composé seraient en tous points semblables à ceux qui fonctionnent déjà dans le système de justice des individus, que la situation de ces organes et de leurs membres, y compris celle des chefs d'armées, à l'égard de leurs nations respectives, ne serait pas différente de celle qui est faite aux mêmes organes dans ce dernier système, à l'égard des divers partis qui se disputent le pouvoir; et que son application ne serait, par conséquent, qu'une extension à la politique extérieure des peuples d'un régime qu'ils ont adopté depuis longtemps déjà pour leur politique intérieure.

Il intervertirait les rôles de la raison et de la force. La raison qui n'a aucune part, ou tout au moins qu'une part illusoire, dans la fixation du droit, en deviendrait l'arbitre ; et la force, qui est l'arbitre du droit, n'en serait plus que la simple protectrice.

Il supprimerait les guerres, car en mettant les nations dans l'impossibilité de compter sur toutes leurs forces pour une action extérieure, qui n'aurait pas été ordonnée par l'autorité internationale, il les mettrait dans l'impossibilité d'opposer aux instructions et injonctions de cette autorité aucune résistance sérieuse, efficace et profitable ; et réduirait, pour le cas où cette résistance viendrait cependant à se produire, les actions qu'il serait nécessaire d'engager, à des opérations de simple police internationale, qui ne meriteraient pas plus le nom de guerre que les opérations de même nature accomplies dans l'intérieur des nations.

Il importe au surplus de ne pas oublier, qu'en faisant déterminer par des lois le droit international, il aurait pour effet de prévenir un grand nombre de conflits, et qu'en obligeant toutes les nations à soumettre à des tribunaux tous les conflits qui, malgré les lois, viendraient néanmoins à se déclarer, il offrirait au règlement de ces conflits une voie pacifique, que toutes les nations ne tarderaient pas à suivre, étant donné les dangers qu'elles risqueraient, en s'obstinant à s'en écarter.

Il aboutirait fatalement à la réduction des armements, en rendant inutilisables et par suite absolument inutiles, toutes forces qui ne seraient pas indispensables à la garantie de l'ordre national et international.

Il représenterait une garantie contre les dangers de l'arbitraire, en ce qu'en confiant les fonctions de juger les faits à un pouvoir différent et indépendant de celui qui aurait fixé le droit, il exposerait à être les victimes de leur iniquité, les nations qui, par leurs représentants, au pouvoir législatif, auraient réussi à imposer une loi injuste.

Enfin, en obligeant toutes les nations à entretenir des forces suffisantes pour empêcher ou réprimer les abus, il assurerait à chacune d'elles la pleine jouissance de ses droits.

Certains de ceux qui prendront connaissance de ce projet objecteront, sans doute, que son application présenterait de graves inconvénients, mais pour avoir le droit de le condamner, ils devront pouvoir faire la démonstration que ces inconvénients seraient aussi graves et aussi funestes à l'humanité que ceux qui résultent de la guerre.

SUR QUELQUES AUTRES PROPOSITIONS

Le problème de l'abolition des guerres a déjà donné naissance à plusieurs autres propositions, mais aucune de celles qui me sont connues ne me paraît réunir les conditions que l'on doit exiger de projets de cette nature.

Certains pacifistes préconisent la suppression des frontières.

Si cette proposition signifie que, pour les opérations qui présentent un intérêt commun, les nations doivent être soumises à des lois générales et communes, tout en conservant leur entière autonomie pour leurs actes d'intérêt particulier ; elle se trouverait réalisée par l'application du système de justice, dont je viens de tracer les lignes principales.

Si, au contraire, elle signifie que tous les hommes

doivent être soumis à un même régime, pour tous les actes de la vie qui nécessitent une réglementation, elle présente le grave défaut de n'être pas immédiatement réalisable.

Les nations tiennent encore certainement beaucoup trop à leur autonomie, pour consentir à la suppression des barrières qui la leur garantissent.

Il importe d'ailleurs de remarquer que cette autonomie paraît utile à l'humanité, en ce qu'elle lui fournit l'avantage très appréciable de pouvoir poursuivre le but de la vie par des voies différentes. Rien, au surplus, n'exige bien impérieusement son abolition.

Le principe de la fraternité des hommes n'exige pas plus la suppression des nations que celle des provinces, des départements, des communes, ou des familles.

Il exige seulement que les hommes cessent de chercher des motifs d'animosité et de haine dans leurs différences de nationalité.

La paix ne l'exige pas davantage.

Au point de vue de l'opposition qui existe entre leurs intérêts et des attentats dont elle peuvent être menacées, les nations se trouvent dans une situation identique à celles des familles dans la société.

Aucune raison n'autorise donc à penser que, pour préserver les peuples des maux de la guerre, il ne suffirait pas de leur appliquer les mesures qui servent à en préserver les familles.

D'autres pacifistes réclament le désarmement général, c'est-à-dire la suppression de toute force armée.

Cette théorie dénote une ignorance complète des motifs des guerres, du rôle des armées, de la nature des hommes ainsi que des choses, et, par conséquent, des conditions principales du problème.

Les armées ne sont la cause ni des guerres, ni des injustices commises par la guerre ; elles n'en sont que les instruments irresponsables.

Leur suppression n'abolirait donc pas la guerre, puisqu'elle ne ferait pas disparaître les conflits, et que ces conflits ne peuvent être résolus que par les violences de la force, tant qu'il n'existe pas d'autres moyens de les solutionner.

Elle l'abolirait d'autant moins qu'elle n'entraînerait nullement le désarmement des individus, et que pour empêcher les individus de recourir à la guerre pour le règlement de leurs conflits, il serait nécessaire de prendre des mesures qui nécessiteraient encore l'entretien d'une force armée.

Elle ne ferait pas non plus disparaître les injustices, puisque les attentats contre le droit peuvent être commis par d'autres moyens que la guerre, tels, par exemple, que l'envahissement, l'usurpation, le vol, le pillage, le meurtre.

En privant les peuples du seul moyen dont ils disposent actuellement pour se protéger contre les injustices, elle n'aurait au contraire pour résultat que de rendre plus faciles les attentats de toutes sortes.

Nier ces dangers, c'est méconnaître le caractère le plus certain de la vie des nations modernes. N'en pas tenir compte, et ne pas reconnaître que la force est une condition essentielle du droit, c'est oublier que nous avons à réaliser la paix pour les nations telles qu'elles existent, et non pour des nations qui n'existent pas.

Enfin, d'autres proposent l'organisation d'un Tribunal d'arbitrage international unique, comme la conférence de La Haye, qui aurait pour mission de trancher tous les conflits, au moyen, soit des règles de droit qu'il aurait formulées, soit de conventions qui seraient passées entre les nations.

Cette institution serait insuffisante, et même dangereuse.

Elle serait dangereuse, parce que, pour les raisons que j'ai déjà exposées, elle ne constituerait qu'une institution d'arbitraire.

Elle serait insuffisante, parce qu'il lui manquerait les forces d'exécution, sans lesquelles ses règlements et ses décisions risqueraient de rester lettres mortes, et aussi parce que la plupart des biens et des actes, qui sont susceptibles de donner naissance à des conflits, intéressent toutes les nations, et ne peuvent par conséquent, faire l'objet de conventions particulières valables.

Enfin elle serait insuffisante, parce qu'elle laisserait les nations dans l'obligation d'entretenir, même pour la défense de leurs droits internationaux, telles forces armées qu'elles jugeraient utiles, et que l'institution à créer doit, au contraire, avoir pour résultat, non seulement de supprimer les guerres, mais aussi de permettre la réduction des énormes charges militaires qui grèvent les budgets de toutes les nations modernes.

Les auteurs de cette proposition paraissent s'être inspirés des pouvoirs d'arbitrage qui ont été organisé par nos législations civiles.

S'il en est ainsi, ils ont omis de remarquer que ces pouvoirs ne forment qu'une partie fort peu importante de nos systèmes de justice, puisqu'ils ne peuvent s'appliquer qu'aux situations d'intérêt particulier, et qu'ils n'en seraient même qu'une partie sans autorité, sans efficacité, par suite sans crédit, s'ils ne recevaient pas le concours des pouvoirs judiciaires d'intérêt général, qui délivrent les ordonnances, ainsi que des pouvoirs exécutifs qui assurent l'application de ces ordonnances.

Avant de confier l'administration de leurs intérêts internationaux, et le règlement de leurs conflits, à un système de raison, les nations ont le droit d'exiger que ce système présente toutes les garanties possibles de justice et d'impartialité ; et de plus qu'il soit capable de leur assurer une entière et paisible jouissance de leurs droits.

Elles ne trouveront ces garanties que dans un système comprenant les trois pouvoirs auxquels les nations civilisées ont eu recours, pour assurer le règne du droit à l'intérieur de leurs frontières.

Quand je dis que les institutions créées pour régler les rapports des individus, forment un système complet de justice, je n'entends pas exprimer l'opinion que ce système n'a accompli que des actes justes, et qu'il a réparé toutes les iniquités commises et instituées par la force.

Je considère, au contraire, qu'il s'en faut de beaucoup qu'il ait réalisé la justice pour les individus.

Je veux dire seulement que les organes dont il est composé sont suffisants pour lui permettre d'atteindre les fins pour lesquelles il a été constitué, et que, s'il n'y est pas encore parvenu, ce n'est pas sa faute, mais la faute de ceux qui s'en servent.

Il ne faut pas oublier, en effet, qu'un système de justice n'est qu'un instrument irresponsable, qui, comme tous les instruments, ne rend que les services que l'on est capable de lui faire rendre.

Si les jugements des pouvoirs judiciaires sont souvent injustes, c'est surtout parce que la plupart des lois dont ces pouvoirs doivent s'inspirer, sous peine de forfaiture, ne sont pas conformes aux principes du droit.

Si la plupart des lois ne sont pas encore l'expression du droit, c'est parce que les hommes qui composent les pouvoirs législatifs sont des artisans ou des protecteurs de l'iniquité.

Et si ces hommes jouent ces rôles néfastes, c'est parce que ceux qui leur délèguent les fonctions législatives, et les soutiennent de leur confiance n'ont eux-mêmes que des notions de justice insuffisantes.

En sorte que, dans cet ordre de choses, comme dans beaucoup d'autres, le mal n'a souvent pas d'autre cause que les fautes de ceux qui en sont les victimes.

Un système de justice ne donnera des résultats satisfaisants que quand les hommes, ou la plus grande partie d'entre eux, posséderont une connaissance, sinon parfaite, tout au moins approximative, de leurs droits et de leurs devoirs.

Mais si le système de justice des individus n'a pas encore rendu tous les services que l'homme a le droit d'en attendre, il ne s'ensuit pas qu'il n'en ait rendu aucun.

L'humanité lui est redevable, au contraire, de services considérables et d'une situation certainement très supérieure à celle qu'il retirerait de la vie dans un état anarchique.

Sans ce système, l'homme serait privé de tous les biens qu'il retire de la vie en association, c'est-à-dire de la civilisation. Son existence ne serait qu'une suite ininterrompue de pillages, de brigandages et de meurtres, et sa vie s'écoulerait au milieu d'une insécurité qui empoisonnerait toutes ses jouissances.

Comme la notion du juste et de l'injuste est encore extrêmement faible chez les hommes, il est à craindre, si un système de justice international est institué, que ses décisions restent pendant longtemps peu conformes aux principes du droit.

Mais on peut tenir pour certain que les situations

créées par ces décisions ne seraient pas plus injustes dans leur ensemble, que celles qui sont imposées par la force, agissant comme arbitre du droit ; et, dans ces conditions, on doit considérer que les peuples ont grand intérêt à confier le règlement de leurs conflits à un système de raison, puisqu'ils y trouveraient, tout au moins l'inappréciable avantage d'être préservés contre les malheurs qu'entraîne la guerre.

LES ATTAQUES
CONTRE LE PACIFISME

Un grand nombre d'hommes qui sont tout acquis à la cause de la paix, déclarent considérer la guerre comme l'effet d'un mal ou de plusieurs maux, prétendent qu'un mal ne peut disparaître qu'avec ses causes, et soutiennent par suite, que l'abolition des guerres ne pourra être obtenue que par l'abolition du capitalisme, de l'impérialisme et du militarisme, qu'ils représentent comme en étant les causes principales.

Autant d'opinions, autant d'erreurs.

La guerre n'est pas un effet, comme par exemple l'alcoolisme qui est un effet d'un usage abusif de l'alcool.

Elle est un moyen, qui, comme tous les moyens, peut être changé sans que son objet disparaisse ou soit seulement modifié.

On ne peut même pas dire, qu'elle soit un moyen qui ne sert qu'à perpétrer le mal, car elle est employée aussi bien pour défendre que pour violer le droit.

Pour se préserver d'un mal, il n'est pas non plus toujours nécessaire d'en supprimer les causes, ainsi que l'attestent les innombrables mesures prises par les hommes, pour se protéger contre les dangers de toutes sortes qui ne cessent de menacer leur santé, leurs biens et leur sécurité personnelle.

Pour abolir les guerres, il n'est en tout cas nullement indispensable de supprimer les institutions capitalistes, impérialistes et militaristes.

Le capitalisme, le militarisme et l'impérialisme sont évidemment et continueront d'être, tant qu'ils subsisteront, des causes de très nombreux et très graves conflits internationaux ; mais ces conflits n'ont rien de commun avec ceux qui s'élèvent entre capitalistes et prolétaires, et qui, faute de lois fixant les droits de chacune de ces deux catégories d'antagonistes, aboutissent souvent aussi à des violences. Ils sont absolument identiques à ceux qui s'élèvent entre les capitalistes d'un même pays. Aucune raison n'autorise donc à soutenir qu'ils ne peuvent pas être solutionnés, comme ces derniers, par d'autres moyens que la guerre, et que pour obtenir la fin des guerres il faut commencer par supprimer les causes de conflits.

Ce serait d'ailleurs une erreur non moins certaine de croire que la suppression des institutions capitalistes, impérialistes et militaristes, entraînerait fatalement la disparition des guerres ; car à l'origine des sociétés, la guerre existait presque en permanence entre tribus et peuplades qui ne connaissaient rien de ces produits de notre civilisation ; et à chaque instant à l'intérieur des nations, il s'élève entre individus, familles et associations de toutes sortes, des conflits qui ne proviennent nullement de ces prétendues causes de la guerre ; et qui cependant ne se termineraient pas autrement que par des tueries, si des mesures n'avaient été prises pour empêcher ces extrêmités.

Les guerres sont motivées par des conflits qui procèdent tant des vices des hommes que de l'opposition qui existe entre leurs intérêts.

Il serait peut-être téméraire de prétendre qu'il est impossible de faire disparaître toutes les causes de conflit, mais on a le droit de dire, en s'appuyant sur l'expérience faite pour les individus, que dès maintenant, des mesures efficaces peuvent être prises pour empêcher les peuples de faire trancher leurs conflits par la guerre.

Malheureusement, les méthodes de violence ne subsistent pas seulement par la faute de l'indifférence et de l'inertie de ceux qui n'ont pas foi dans l'efficacité des mesures actuellement réalisables ; mais aussi parce qu'en ce monde le mal a ses défenseurs comme le bien, et que la guerre même trouve des hommes pour prendre sa défense, et pour combattre les efforts de ceux qui en poursuivent l'abolition.

Au début des hostilités, ces hommes ont reproché

aux pacifistes de s'être trompés sur la nature des hommes et des choses ainsi que sur les dispositions des peuples, et ils ont accusé le pacifisme d'avoir fait faillite et d'avoir été une cause d'affaiblissement pour les nations qui l'ont plus particulièrement cultivé.

Les pacifistes ont peut-être commis des erreurs, mais ces erreurs n'ont pas été plus funestes que celles commises par leurs adversaires.

Pour cette raison et pour d'autres encore que je m'abstiens de rappeler en cette étude, parce que je veux me borner à répondre aux attaques qui se sont produites, personne n'a le droit de leur en faire grief.

Leurs erreurs n'ont d'ailleurs nullement été aussi graves qu'on le prétend.

Ils ne se sont en effet jamais trompés au point de croire que les peuples étaient devenus trop bons, trop justes pour entretenir des ambitions excessives, ou des intentions coupables et que par conséquent, ils ne seraient plus jamais tentés d'avoir recours aux violences de la guerre.

Ils savaient aussi bien que leurs adversaires ce qu'il convient de penser de l'esprit de justice des hommes, et ils n'ont jamais nié la naturelle opposition qui existe entre les intérêts des peuples, non plus que l'inéluctable fatalité des conflits qui en résultent.

S'ils n'avaient pas redouté la guerre, ils n'auraient pas cherché des moyens d'en préserver l'humanité. On ne cherche pas des remèdes contre un mal auquel on ne croit pas.

Et s'ils n'avaient pas vu l'imminence du danger, ils n'auraient pas été les premiers à jeter l'alarme à chaque menace d'un conflit international, et aussi les plus prompts comme les plus ardents, dans l'organisation des manifestations qu'ils croyaient capables d'écarter le péril. On ne s'alarme pas à propos d'un péril que l'on ne voit pas.

Ils étaient même les seuls, tout au moins en apparence, à voir les dangers que représentaient les méthodes colonisation de la politique contemporaine.

Quand ils disaient dans des discours ou des écrits, que la guerre n'était pas à craindre, ce langage ne voulait donc nullement dire qu'elle ne pouvait plus se produire, et qu'il était superflu de prendre des précautions pour l'empêcher ; mais seulement qu'il n'existait pas de danger de guerre dans le moment où ils exprimaient leur opinion, ou encore qu'ils ne pouvaient voir un danger dans la menace que l'on dénonçait.

Voilà le sens que l'on aurait donné au fond de leur pensée, si au lieu de les juger sur des manifestations d'un seul caractère, on les avait jugés, comme l'exigeait la plus élémentaire loyauté, sur l'ensemble de leurs manifestations de tout ordre.

Partant de l'idée que la guerre était au contraire une menace toujours redoutable, ils ont prétendu qu'elle est pour les peuples un moyen trop cruel et trop désastreux de résoudre leurs conflits, de combattre des abus, ou de réprimer des attentats, ainsi qu'un moyen trop incertain, qui loin de guérir le mal, n'aboutit souvent qu'à en aggraver les effets.

Et pour ces raisons, ils ont enseigné qu'au lieu de faire appel à la violence, pour déterminer ou sauvegarder leurs droits, les peuples agiraient beaucoup plus sagement en remettant à la raison le soin de régler leurs différends.

Les événements qui ensanglantent l'Europe depuis bientôt deux ans, montrent mieux qu'aucune dissertation, à quel point ces doctrines étaient sages.

Pour compléter cet enseignement doctrinal, ils ont proposé divers moyens de supprimer les guerres.

Pour que l'une quelconque de leurs théories méritât le reproche d'avoir fait faillite, il faudrait tout au moins qu'on en eut fait l'expérimentation.

Or, aucune n'a été appliquée d'une manière complète.

On n'a essayé ni le désarmement général, ni l'arbitrage obligatoire pour tous les conflits, ni un système complet de justice, ni aucun autre moyen, car la conférence de La Haye ne peut être considérée comme une institution ayant mission de supprimer les guerres, puisqu'au lieu de rechercher exclusivement les moyens d'arriver à cette suppression, elle s'est assignée, au contraire, la tâche éminemment extravagante, de leur donner des lois, de les humaniser, de les légaliser, et pour ainsi dire de les légitimer.

Reprocher, dans ces conditions, aux théories pacifistes d'avoir fait faillite, c'est donc aussi absurde, aussi injuste que de diriger le même reproche contre des théories scientifiques, médicales, administratives, industrielles ou autres, que l'on aurait refusé d'expérimenter.

Tous les projets proposés, auraient-ils d'ailleurs été appliqués, que l'on n'aurait pas encore le droit de condamner le pacifisme, car rien ne prouve que les recherches des hommes d'étude ont épuisé toutes les questions que comporte le problème.

L'expérience démontre, au contraire, qu'il suffit souvent d'apporter de légères modifications ou additions à des systèmes pour en changer les résultats, pour transformer des échecs en succès. Ce n'est presque toujours qu'après de nombreux essais, tentés avec des systèmes différents, que l'on arrive à atteindre le but que l'on se propose.

On en pourrait trouver de multiples exemples dans tous les domaines, mais pour s'en convaincre, il suffit de porter ses observations sur celui de l'aviation, qui est un de ceux sur lesquels l'homme de notre époque a le plus particulièrement exercé les efforts de son génie.

Il n'est pas plus juste d'accuser le pacifisme d'avoir causé l'affaiblissement d'une nation quelconque.

Certains pacifistes ont bien demandé le désarmement général, ou la réduction des armements, mais ils n'ont jamais conseillé à aucune nation de prendre l'initiative de l'une ou l'autre de ces deux mesures, avant d'avoir l'assurance que la même conduite serait obervée par les nations voisines.

Dans certains pays, d'autres pacifistes ont souvent refusé ou conseillé de refuser, les crédits demandés pour renforcer les instruments et moyens de la défense nationale, mais cette attitude ne signifiait pas plus qu'ils étaient opposés à ce renforcement, et considéraient comme inutiles tous les instruments et les moyens de défense, que le refus par eux du budget général ne signifie qu'ils trouvent inutiles l'Etat et les budgets.

Elle signifiait simplement, qu'ils se refusaient à favoriser le développement d'un système de protection qu'ils jugeaient défectueux, et même dangereux pour la paix.

Et la preuve qu'elle n'avait pas d'autre signification, c'est que ces mêmes pacifistes proposaient, comme l'a fait Jaurès dans son livre l'*Armée Nouvelle*, de substituer aux armées de métier, une organisation militaire, dont la réalisation aurait augmenté, dans une proportion considérable, la puissance des forces combattantes de leur pays.

La preuve qu'elle ne provenait pas non plus d'un affaiblissement du sentiment patriotique, c'est qu'au moment de la mobilisation, les pacifistes de tous les pays, ont répondu à l'appel de leur gouvernement avec le même empressement, la même abnégation, le même enthousiasme que les belluristes ou partisans de la guerre, qu'ils affrontent la mort avec le même courage, que l'ardeur dans la lutte est la même dans toutes les armées, et qu'à aucune époque, dans aucune circonstance, l'attachement des peuples à leur dignité, à leur indépendance, c'est-à-dire leur patriotisme, n'a été plus vivace et plus ferme.

Voilà ce qu'auraient encore observé les adversaires du pacifisme, s'ils avaient cherché la vérité, et voulu porter un jugement équitable.

Si tous les peuples ne se sont pas trouvés aussi bien préparés pour la guerre, c'est donc à d'autres causes qu'il faut attribuer l'infériorité de certains d'entre eux.

Ces causes sont trop claires et trop évidentes pour qu'il soit difficile de les déterminer, le jour où il paraîtra utile de le faire.

Le pacifisme n'a donc nullement mérité les reproches dont il a été l'objet ; et les pacifistes, loin de trouver dans les faits des motifs de s'inquiéter de leurs doctrines, de renier leurs sentiments et de renoncer à leurs théories, ne doivent y trouver, au contraire, que de motifs de persévérer et de poursuivre, avec un redoublement d'énergie, leur œuvre de recherche, de propagande et d'action.

LES ARGUMENTS DES BELLURISTES

Pendant longtemps, les adversaires du pacifisme n'ont employé pour le combattre que le sarcasme, la raillerie ou des accusations absurdes, comme certaines de celles que je viens de relever.

Ceux qui se servent de ces procédés sont aujourd'hui peu nombreux.

Depuis longtemps déjà les défenseurs de la guerre ont pris le parti de les réserver pour des progrès nouveaux, et de chercher dans des arguments, la justification de leur attitude.

En réalité, ces hommes ne contestent pas que la guerre soit une des calamités qui entraînent le plus de deuils, de souffrances et de ruines.

Ils se bornent seulement à nier la possibilité ou même l'utilité de son abolition.

Certains d'entre eux la considèrent comme un mal naturel, et de cette idée tirent cette conclusion qu'elle est un mal irrémédiable.

Cette assimilation de la guerre à une épidémie naturelle comme le typhus ou la peste, c'est-à-dire à un mal imposé par la nature, en dehors de la volonté de l'homme, révèle une ignorance complète de ses origines et de ses caractères.

Comme je l'ai déjà dit, la guerre est un moyen que l'homme emploie soit pour satisfaire des passions mauvaises, soit pour se défendre contre les attentats que ces passions suscitent, soit pour trancher les conflits qui résultent de la résistance que sa raison lui conseille d'opposer aux abus dont il est menacé.

C'est donc un moyen qui procède de motifs, dont l'homme fournit toutes les causes, un moyen dont il décide, qu'il règle, qu'il dirige et qu'il a, par conséquent, le pouvoir d'utiliser, d'abandonner ou de proscrire.

Mais serait-elle un mal naturel, que la Raison ne saurait s'autoriser de cette considération, pour conclure que les sciences sociologiques ne sont pas capables et ne doivent pas essayer d'en délivrer l'humanité, puisqu'il n'existe pas de maladie naturelle, dont elle ne conseille aux sciences médicales de chercher le remède.

D'autres prétendent que la guerre ne peut être abolie, parce qu'elle fait partie de la lutte pour la vie, et que cette lutte est aussi nécessaire à l'existence des peuples qu'à celle des individus.

Sans doute, la lutte pour la vie est nécessaire à l'existence des peuples comme à celle des individus, mais rien ne prouve qu'elle doive comprendre la guerre, et que les moyens pacifiques ne sont pas suffisants pour assurer non seulement cette existence, mais aussi tous les progrès qui sont susceptibles d'en améliorer les conditions.

Le meurtre, le vol, le pillage, le brigandage font aussi partie de la lutte pour la vie entre les individus. Personne, cependant (à l'exception des malfaiteurs et des inconscients), ne se plaint que des mesures aient été prises par nos législations civiles, pour faire disparaître ces moyens d'existence de la vie des individus.

Pour que la guerre fût nécessaire à l'existence des peuples, et dût être conservée dans la lutte pour la vie des nations, il faudrait que la raison de l'homme fût incapable, de trouver un autre moyen de régler les conflits qui s'élèvent entre les peuples.

Et pour qu'elle fût utile, sans être nécessaire, il faudrait qu'elle représentât un moyen de justice supérieur à ceux qui pourraient être découverts et proposés par la raison.

Pendant longtemps la guerre a été le seul moyen que les individus ont employé pour trancher les différends qui s'élevaient entre eux.

Depuis longtemps, les sociétés civilisées ont interdit aux individus la faculté de faire déterminer leurs droits par ce moyen, et leur ont imposé l'arbitrage des lois et des tribunaux.

Ces faits prouvent que la guerre n'est pas indispensable à la lutte pour la vie des individus.

Je ne vois donc pas pour quels motifs, les groupes d'individus que sont les nations, ne pourraient employer pour régler leurs rapports et résoudre leurs conflits, un moyen que les individus ont adopté, et dont aucun homme sensé n'ose demander l'abolition.

Reste la question de savoir si la guerre est préférable à un système de raison et si, quoique non nécessaire, elle est cependant utile à l'humanité.

Je reconnais qu'elle a servi à défendre des droits menacés, et à recouvrir des droits perdus, et par conséquent qu'elle a rendu des services à la cause de la justice.

Mais à ceux qui invoquent cet argument pour tenter de la justifier, je réponds que souvent elle a également abouti à l'injustice, et que dans ces conditions, la question ne consiste pas à rechercher si elle a rendu des services au droit, mais s'il n'est pas possible de découvrir un autre moyen de justice, qui soit plus apte à remplir ce rôle, et qui puisse le remplir sans entraîner autant de malheurs.

Sans doute aussi la guerre suscite des dévouements, des énergies et des vertus.

Mais rien n'autorise à penser que l'homme ne trouverait pas le moyen de développer les mêmes vertus, dans les luttes pacifiques qu'il doit engager et soutenir pour satisfaire ses besoins légitimes.

S'appuyant sur une affirmation de la science contemporaine, qui enseigne, qu'est irréalisable et utopique, toute théorie qui ne s'inspire pas de l'expérience, d'autres adversaires prétendent qu'un système de justice international de raison est irréalisable, parce que l'expérience n'en a pas été faite, et qu'il n'existe pas de droit international pour toutes les causes de conflit.

L'assertion de la science dont cet argument s'autorise, me paraît être une des plus graves aberrations, que l'esprit de l'homme ait jamais commises.

Elle est la négation des lois les plus certaines du progrès, car un progrès n'est que la réalisation d'une méthode ou d'une œuvre qui n'est pas encore entrée dans la réalité.

Si des systèmes de justice pour les peuples n'existent pas, ce n'est pas une preuve qu'il n'en peut être organisé.

Et si un droit international n'a pas encore été formulé, pour toutes les causes de conflit, cela ne prouve pas davantage qu'il n'est pas possible d'en trouver la formule.

L'argument de ces derniers adversaires porte d'ailleurs d'autant moins, que pour résoudre le problème de la suppression des guerres, il suffit comme on vient de le voir, d'appliquer aux rapports extérieurs des nations, un système qu'elles appliquent depuis longtemps aux rapports de leurs membres.

CONCLUSION

Je ne connais aucun autre argument en faveur de la guerre qui mérite de retenir l'attention, et loin de trouver sa justification dans l'horrible drame dont l'Europe est en ce moment le théâtre, je n'y découvre au contraire que de nouvelles raisons de la condamner et de la combattre.

Comme le chef de l'Eglise catholique, et sans doute avec tous les hommes dont le cœur n'a pas encore été entièrement corrompu, et le jugement complètement faussé par les mauvaises passions, je continue à considérer la fraternité des hommes comme la base fondamentale de tout droit ; la haine de races, comme le plus funeste des sentiments ; et la justice, comme le plus précieux de tous les biens.

Malgré la grandeur des vertus que la guerre suscite, je persiste à croire que l'homme n'a point reçu la vie pour souffrir, un corps pour le détruire, une âme pour la torturer, des biens pour les saccager, des passions et des facultés pour les faire servir à son malheur.

Avec tous ceux qui préfèrent la mort à l'existence dans une servitude irrémédiable, je reconnais que c'est un devoir dans certains cas ; d'exposer sa vie pour défendre son droit, mais je n'en reste pas moins convaincu, que c'est une faute très grave de s'obstiner à ne pas rechercher d'autres moyens de se protéger contre l'injustice.

Malgré les services que la force a souvent rendus à la cause du droit, je demeure persuadé que c'est à la raison que la nature a confié le soin d'éclairer les hommes sur leurs destinées, sur le bien et sur le mal et par conséquent sur le juste et l'injuste.

Pour toutes ces considérations, je continue donc à ne voir dans la guerre, suivant les circonstances, qu'un moyen de brigandage absolument injustifiable, ou un moyen de justice trop cruel, trop désastreux, trop incertain, qu'il importe d'abolir et de remplacer par un système de raison.

Malgré les espoirs contraires des idéologues, je pense que pour s'assurer une paix durable, il ne suffit ni de la désirer, ni de la glorifier, ni de la deman-

der au perfectionnement des hommes, ou à l'harmoni-
sation des choses, mais qu'il est absolument nécessaire de prendre des mesures puissantes et rigoureuses,
qui la protègent, tant contre les agissements des mauvaises passions que contre les entreprises des forces
de brutalité ; et que la recherche de ces mesures devrait
être placée au premier plan de nos préoccupations,
car s'il est utile de rechercher quel parti il conviendra
de tirer de la paix future, il est encore plus utile et
surtout plus urgent, de rechercher ce qu'il importe
d'obtenir de la guerre en cours.

Malgré les attaques des belluristes, les railleries des
incrédules et l'indifférence des sceptiques, je crois
que les mesures qui sont dès maintenant réalisables
seraient tout à fait suffisantes pour assurer non seulement une paix durable, mais une paix absolument
définitive ; et que c'est commettre une faute irréparable,
que de ne pas profiter des événements, pour en poursuivre la réalisation avec la plus grande énergie.

J'ose dire même qu'il me paraît impossible d'assi-
gner un but plus utile et plus noble aux sacrifices
des soldats qui versent leur sang sur les champs de
bataille, car j'estime que la nation qui réussirait à
imposer l'introduction dans le prochain traité de paix
de mesures capables de délivrer l'humanité des maux
de la guerre, aurait remporté la victoire la plus fruc-
tueuse et la plus glorieuse, qu'ait jamais enregistré
l'histoire d'aucun peuple.

www.ingramcontent.com/pod-product-compliance
Lightning Source LLC
Chambersburg PA
CBHW061626180626
46818CB00005B/2259